fundación sm

La Fundación SM destina los beneficios de las empresas SM a programas culturales y educativos, con especial atención a los colectivos más desfavorecidos.

Si quieres saber más sobre los programas de la Fundación SM, entra en **www.fundacion-sm.org**

LITERATURA**SM**•COM

Primera edición: octubre de 2008
Decimotercera edición ampliada: junio de 2025

Dirección editorial: Berta Márquez
Coordinación editorial: Iria Torres
Dirección de arte: Lara Peces
Diseño: María Rivas

Contenido pedagógico: Paloma Jover

Impresores, 2
Parque Empresarial Prado del Espino
28660 Boadilla del Monte (Madrid)
www.grupo-sm.com

ISBN: 978-84-1055-067-4
Depósito legal: M-10100-2025
Impreso en España / *Printed in Spain*

El papel utilizado para la impresión de este libro está calificado como papel ecológico y procede de bosques gestionados de manera sostenible.

Don Juan Tenorio

José Zorrilla

BEGOÑA ORO

ABRAHAM PÉREZ

sm

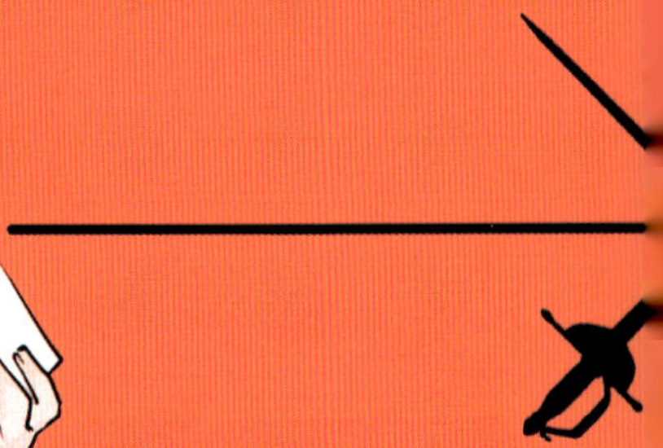

Don Juan Tenorio

Joven seductor que desprecia
las normas sociales y morales.

Doña Inés

Novicia entregada al amor de don Juan,
víctima y salvadora del deshonesto seductor.

Comendador don Gonzalo de Ulloa

Padre de doña Inés, que trata
de salvaguardar el honor de su hija.

Don Diego Tenorio

Padre de don Juan,
al que considera un monstruo.

Brígida

Mujer encargada de doña Inés
que propicia su encuentro
con don Juan.

Don Luis Mejía

Rival de don Juan en su apuesta
de conquistas y fechorías.

Doña Ana de Pantoja

Futura esposa de don Luis, seducida
y engañada por don Juan en su apuesta.

Avellaneda y Centellas

Amigos de don Luis y don Juan que participan
en la apuesta y reaparecen al final de la obra.

SEVILLA, 1545. ES TIEMPO DE CARNAVAL.
DE INCÓGNITO HA LLEGADO DON JUAN.
BLAM
¡CUÁNTO GRITAN ESOS MALDITOS!
PERO ¡MAL RAYO ME PARTA SI, NADA MÁS ACABAR ESTA CARTA, NO PAGAN CAROS SUS GRITOS!
¿ESTÁS AL SERVICIO DE ESTE CABALLERO?
HACE UN AÑO. Y GANO BUEN DINERO.
NO HAY OTRO MÁS BRAVO QUE ÉL.
ESPERA. LO VOY A ATENDER.
DAD ESTA CARTA A BRÍGIDA, LA SIRVIENTE DE DOÑA INÉS.
ES UN DEMONIO CON FALDAS. ELLA SABRÁ LO QUE HACER...

¿NO SABRÁ SI ESTÁ POR AQUÍ DON LUIS MEJÍA?
ME EXTRAÑA QUE NO HAYA VENIDO PRECISAMENTE ESTE DÍA...
¿SABE? JUSTO HOY SE CUMPLE UN AÑO DESDE QUE APOSTARON QUIÉN HARÍA MÁS DAÑO EN 365 DÍAS: DON JUAN TENORIO O DON LUIS MEJÍA.
PERO HAN DEBIDO DE OLVIDAR EL TRATO. YA SE VA A ACABAR EL PLAZO Y NO HA VENIDO NINGUNO.
PUES UNO VENDRÁ SEGURO. ¡PREPARA SU MESA!
ESTE HOMBRE PARECE SABER DE LO QUE HABLA...
¡Y AHORA RIÑE EN LA PLAZA!
MÁS VALE QUE TENGA LA MESA PREPARADA...
BLAAM
BLAAM

¡HOSTELERO!
¿CONOCÉIS A DON JUAN TENORIO?
SÍ.
¿Y ES VERDAD QUE TIENE UNA CITA AQUÍ?
SÍ, CON DON LUIS.
PUES QUIERO UNA MESA DESDE DONDE PUEDA VERLO TODO.
PERO PREFIERO MANTENERME OCULTO A SUS OJOS.
¡ESO ES FÁCIL! ES CARNAVAL. ¡LE BASTA CON USAR UN ANTIFAZ! LE TRAIGO UNO AHORA MISMO. ESPERE.
PENSABA CASAR A MI HIJA INÉS CON ESE TAL DON JUAN. PERO ME HAN DICHO QUE ES EL DIABLO. ME HAN HABLADO DE ÉL TAN MAL... PREFIERO VERLO YO MISMO. PUESTO QUE AQUÍ TIENE UNA CITA, VOY A INVESTIGAR...
¿TARDARÁ MUCHO EN LLEGAR?
A LAS OCHO DEBEN ESTAR. Y EL QUE NO ESTÉ PERDERÁ.

AQUÍ HA QUEDADO, CREO.
¿TIENE AQUÍ TENORIO UNA CITA?
SÍ, CABALLERO.
¿HA LLEGADO?
AÚN NO.
PUES ESPERARÉ ALLÍ SENTADO.
QUE UN HOMBRE COMO YO HAYA DE VENIR A ESTE SITIO... PERO TENGO QUE VER CON MIS OJOS QUÉ CLASE DE MONSTRUO ES MI HIJO.
¿QUIÉNES SERÁN ESTOS CABALLEROS QUE SE ANDAN CON TANTO MISTERIO?
¡¿?!

¡CAPITÁN CENTELLAS! ¿VOS POR AQUÍ?
¿Y CUÁNDO HA HABIDO FIESTA EN SEVILLA SIN MÍ?
ADEMÁS, VENGO A TIEMPO PARA VER EL RESULTADO DE LA APUESTA DE DOS DIABLOS...
¡LA APUESTA DEL AÑO!
YO APUESTO POR DON LUIS. NO PUEDE HABER NADIE MÁS ENDIABLADO.
BAH, AVELLANEDA. TE HAS EQUIVOCADO. DON JUAN LE DA MIL VUELTAS. APUESTO POR ÉL A CIEGAS.
¿VENDRÁN DON JUAN TENORIO Y DON LUIS MEJÍA?
ESO JURARÍA.
YO, POR SI ACASO, LA MESA HE PREPARADO.
YA ES CASI LA HORA. ESPERO QUE NO VENGAN CON DEMORA.

BLAM
QUE ESTA SILLA ES MÍA HARÉ NOTORIO.
Y YO TAMBIÉN QUE ESTA ES MÍA.
LUEGO SOIS DON LUIS MEJÍA.
Y VOS, DON JUAN TENORIO.

¡DON JUAN!
¡DON LUIS!
¡OH, AMIGOS! ¿QUÉ DICHA ES ESTA?
VENIMOS A VER VUESTRA APUESTA.
PARA ESO AQUÍ ESTOY: PARA VER QUIÉN OBRÓ PEOR DESDE HACE UN AÑO HASTA HOY.
YO TE LO DIRÉ: ESE SOY YO. DON JUAN ES EL GANADOR.
ESO ESTÁ POR DEMOSTRAR. ¿QUÉ HABÉIS HECHO, DON JUAN?

A NÁPOLES FUI, Y ANTES A ROMA.
Y ALLÍ CONOCÍ A MILES DE «DONNAS».
ENGAÑÉ Y MATÉ, Y A LAS MUJERES BURLÉ.
YO A LAS CABAÑAS BAJÉ, YO A LOS PALACIOS SUBÍ.
Y EN TODAS PARTES DEJÉ MEMORIA AMARGA DE MÍ.
Y AQUÍ, EN ESTE PAPEL, MUERTOS Y AMORES ESCRIBÍ.
PERO ANTES DE CONTARLOS, CONTAD VOS, DON LUIS.

ROBÉ AL OBISPO. ROBÉ AL CAPITÁN. Y ME FUI A PARÍS EN BUSCA DE MÁS.
EN FLANDES ME QUEDÉ SIN DINERO. Y ME CONVERTÍ EN BANDOLERO.
ESTUVE ALLÍ UNOS MESES SIN OTRA EMPRESA QUE ADORAR A LAS FRANCESAS Y REÑIR CON LOS FRANCESES.
TRES VECES HE PERDIDO MI FORTUNA, PERO MAÑANA ME CASO CON UNA QUE RICO ME HARÁ.
ME CASO CON DOÑA ANA DE PANTOJA. LO DIGO POR SI VENIR A LA BODA SE OS ANTOJA.
PERO ANTES, VEAMOS QUIÉN GANÓ LA APUESTA.
LO TRAJE ESCRITO POR NO PERDER LA CUENTA.

VEINTITRÉS MUERTOS.
A VER VOS... ¡AQUÍ DICE TREINTA Y DOS! ME VENCÉIS. ¿Y CONQUISTAS?
VOS PRESUMÍS DE CINCUENTA Y SEIS.
Y YO SUMO EN VUESTRA LISTA SETENTA Y DOS. NO SE HABLE MÁS. HE PERDIDO YO.
Y EN MI LISTA NO FALTA NI UNA PIEZA. DESDE UNA PRINCESA HASTA UNA PESCADERA QUE CONOCÍ EN UNA LONJA...
PERO OS FALTA UNA NOVICIA QUE SE VAYA A METER MONJA.
AH, SÍ, Y BIEN PENSADO... FALTA OTRA QUE SE ME ANTOJA... ¡VUESTRA ANA DE PANTOJA!
¿SERÉIS CAPAZ?
¡VOLVAMOS A APOSTAR!
DOÑA ANA Y LA NOVICIA. Y SI NO LAS CONSIGO...
... TE QUITO LA VIDA.

SI PUDIERA, CON MIS MANOS, ACABARÍA CON LOS DOS. ¡VILLANOS!
HABLÉ CON VUESTRO PADRE DON DIEGO. ÉL SÍ QUE ES UN HOMBRE BUENO. Y CON ÉL ACORDÉ QUE CON MI HIJA OS CASÉIS.
PERO, DESPUÉS DE LO QUE ACABO DE VER, ¡ANTES MATO A MI HIJA INÉS!
¡DON GONZALO!
SI MAL NO RECUERDO, VUESTRA HIJA ES NOVICIA EN UN CONVENTO...
¡GRACIAS! ME HABÉIS PUESTO EN BANDEJA LA MUJER QUE NECESITABA PARA MI APUESTA.
¡DOÑA ANA Y DOÑA INÉS QUEDAN APOSTADAS!

¡NO PUEDO ESCUCHAR MÁS! NO PUEDE HABER TANTA MALDAD.
SÍ, ME LO HABÍAN CONTADO. PERO CREÍ QUE HABÍAN EXAGERADO...
¿QUIÉN SE ATREVE A HABLAR ASÍ?
¡PAPÁ!
NO, YA NO. TÚ ERES HIJO DE SATANÁS.
VAMOS, DON GONZALO. Y OLVIDEMOS LO ACORDADO.
NI CASO. RECORDEMOS LO APOSTADO.
DOÑA ANA Y DOÑA INÉS. Y EL PRECIO ES...
LA VIDA.

DON LUIS ACUDE CORRIENDO A CASA DE DOÑA ANA.
¡PASCUAL! TE VENGO A AVISAR... ESTA NOCHE, EN ESTA CASA QUERRÁN ENTRAR.
EL MISMÍSIMO SATANÁS... ¡DON JUAN!
¿QUIÉN?
¡POR LA VIRGEN DEL PILAR! PUES CONMIGO SE HABRÁ DE ENFRENTAR.
MIRAD QUE DON JUAN ES MUY BRAVO. YO OTRA COSA HABÍA PENSADO...
DON LUIS LE CUENTA SU PLAN: DORMIR CON DOÑA ANA.
¡DORMIR AQUÍ, EN CASA DE DOÑA ANA!
PERO SI ME CASO CON ELLA MAÑANA...
ESTÁ BIEN. PERO EN MI CUARTO OS QUEDARÉIS. VENID A ESO DE LAS DIEZ.
DE TODAS FORMAS, IRÉ A AVISAR A MI AMADA.
¡AY, DOÑA ANA! ¡TEMO QUE OS SEDUZCA OTRO!
¿A HORAS DE LA BODA? ¡NO SEÁIS BOBO!
AUN ASÍ, QUIERO PEDIROS UN FAVOR.
LO QUE VOS DIGÁIS, AMOR.

¿TE DIO BRÍGIDA LA LLAVE DEL CONVENTO?
AQUÍ LA TENGO.
¿Y LOS CABALLOS?
PREPARADOS.
MIENTRAS TANTO...
¡CHIST! ¿QUÉ SE OYE AHÍ?
¿NO SERÁ DON LUIS?
COGE A VARIOS HOMBRES Y VE POR ALLÍ. APRESAD A DON LUIS. YO IRÉ POR AQUÍ...
ENTONCES, A LAS DIEZ.
AQUÍ ESTARÉ.
¿QUIÉN VA?
¡DON JUAN!
DAD POR PERDIDA LA APUESTA.
ESO ESTÁ POR VER.
VEDLO, PUES.
DOÑA ANA SERÁ MÍA, SEÑOR MEJÍA.
ENCERRADLO HASTA EL DÍA.
MIENTRAS TANTO, YO EN SU LUGAR IRÉ. TENGO UNA CITA... A LAS DIEZ.
¡TRAICIÓN!

PERO ¿QUIÉN ANDA AHÍ? ¡UNA MUJER!
AH, ES BRÍGIDA. ¿YA DISTE MI CARTA A DOÑA INÉS?
LEYÉNDOLA ESTARÁ. OS LA HE CONVENCIDO DE TAL MANERA QUE IRÁ TRAS VOS COMO UNA CORDERA.
¿NO VES QUE ES UNA CHIQUILLA QUE SE DESLUMBRA CON CUALQUIER COSA? DELICADA MARIPOSA QUE SUEÑA CON EL AMOR. POBRE GARZA ENJAULADA, DENTRO DE LA JAULA NACIDA, ¿QUÉ SABE ELLA SI HAY MÁS VIDA NI MÁS AIRE EN QUE VOLAR?
ES TAN BELLA E INOCENTE... AÚN ES UNA ADOLESCENTE. Y TANTO LE HABLÉ DEL AMOR QUE AHORA PIENSA SOLO EN VOS.
YA LA IMAGINO Y SE LLENA MI ALMA DE EXTRAÑA PASIÓN. EMPEZÓ POR UNA APUESTA, SIGUIÓ POR UN DEVANEO, SURGIÓ LUEGO UN DESEO Y HOY ME QUEMA EL CORAZÓN.
¿A QUÉ HORA PUEDO ENTRAR EN EL CONVENTO?
A LAS NUEVE.
ALLÍ NOS VEMOS.
¿CIUTTI?
AQUÍ ESTOY.
¿Y DON LUIS?
LIBRE POR HOY ESTÁIS DE ÉL.
¡ESTA APUESTA ESTÁ GANADA! SOBORNARÉ A LA CRIADA DE DOÑA ANA, Y A LAS DIEZ EN SU CASA ENTRARÉ. ME HARÉ PASAR POR DON LUIS MEJÍA, Y SU FUTURA MUJER SERÁ MÍA. ¡NADA ME VA A DETENER!

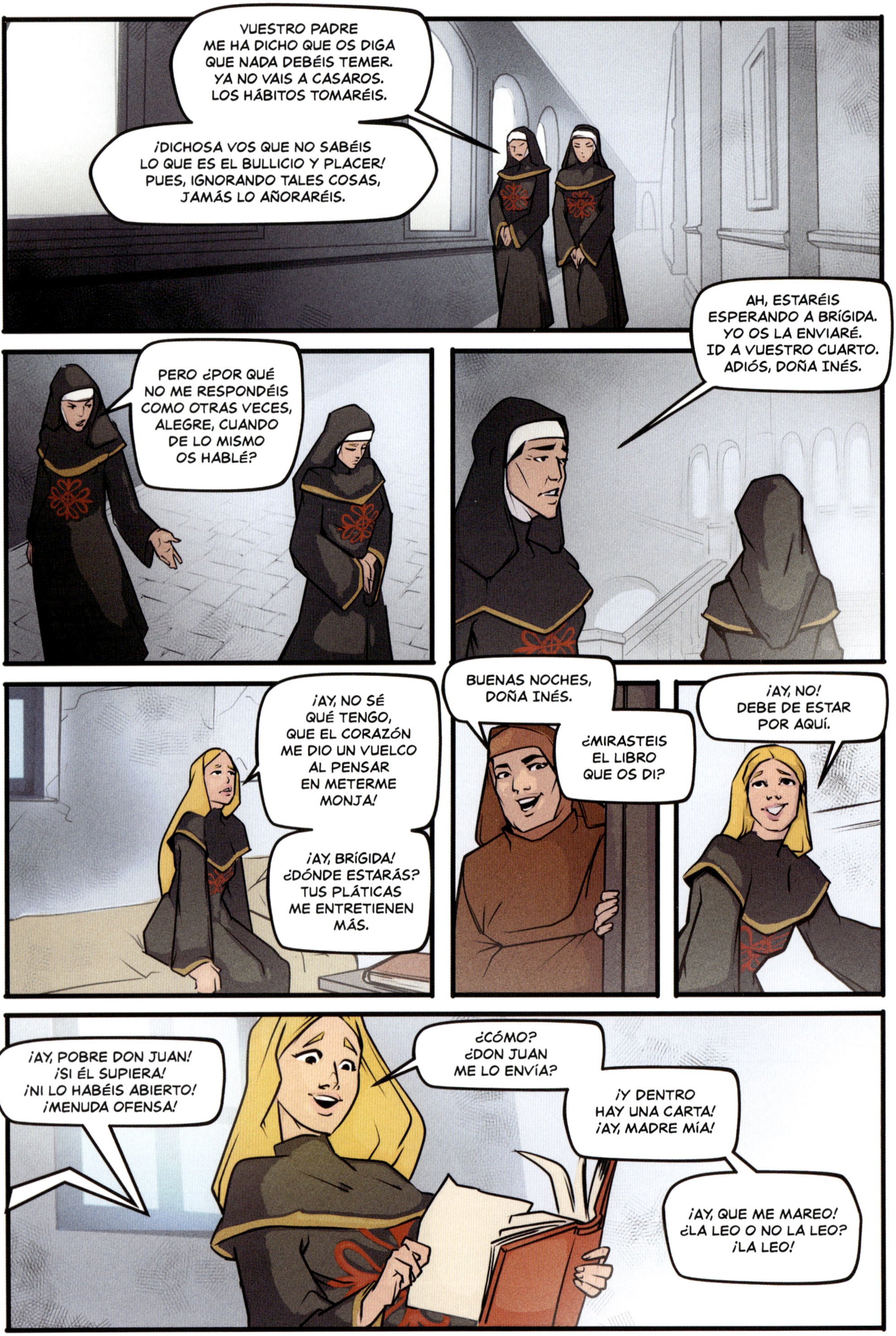
VUESTRO PADRE ME HA DICHO QUE OS DIGA QUE NADA DEBÉIS TEMER. YA NO VAIS A CASAROS. LOS HÁBITOS TOMARÉIS.
¡DICHOSA VOS QUE NO SABÉIS LO QUE ES EL BULLICIO Y PLACER! PUES, IGNORANDO TALES COSAS, JAMÁS LO AÑORARÉIS.
PERO ¿POR QUÉ NO ME RESPONDÉIS COMO OTRAS VECES, ALEGRE, CUANDO DE LO MISMO OS HABLÉ?
AH, ESTARÉIS ESPERANDO A BRÍGIDA. YO OS LA ENVIARÉ. ID A VUESTRO CUARTO. ADIÓS, DOÑA INÉS.
¡AY, NO SÉ QUÉ TENGO, QUE EL CORAZÓN ME DIO UN VUELCO AL PENSAR EN METERME MONJA!
¡AY, BRÍGIDA! ¿DÓNDE ESTARÁS? TUS PLÁTICAS ME ENTRETIENEN MÁS.
BUENAS NOCHES, DOÑA INÉS.
¿MIRASTEIS EL LIBRO QUE OS DI?
¡AY, NO! DEBE DE ESTAR POR AQUÍ.
¡AY, POBRE DON JUAN! ¡SI ÉL SUPIERA! ¡NI LO HABÉIS ABIERTO! ¡MENUDA OFENSA!
¿CÓMO? ¿DON JUAN ME LO ENVÍA?
¡Y DENTRO HAY UNA CARTA! ¡AY, MADRE MÍA!
¡AY, QUE ME MAREO! ¿LA LEO O NO LA LEO? ¡LA LEO!

¡VIRGEN SANTA, QUÉ PRINCIPIO!
SEGUID, SEGUID LA LECTURA.
¡AY, QUÉ LOCURA!
Doña Inés del alma mía.
Luz de donde el sol la toma.
hermosísima paloma
privada de libertad.
«NUESTROS PADRES CONCERTARON NUESTRA BODA. AHORA QUIEREN ANULARLA. ¡EN MALA HORA! LA CHISPA DE MI AMOR AHORA ES HOGUERA; ES VOLCÁN QUE ME AGITA CON VIOLENCIA. NO PUEDO DEJAR DE AMAROS. MI VIDA ESTÁ EN VUESTRAS MANOS».
¿DE VERDAD?
COMO LO DESPRECIÉIS, SE VA A LA TUMBA.
NO OS QUEPA DUDA.
«ACUÉRDATE DE QUIEN VIVE SOLO POR TI, ¡VIDA MÍA!, Y QUE A TUS PIES VOLARÍA SI LE LLAMARAS A TI».
¡DON JUAN!
PUM

¡INÉS DE MI CORAZÓN!
¿QUÉ ES ESTO? SUEÑO... DELIRO.
POBRECILLA. SE HA DESMAYADO DE LA EMOCIÓN.
MEJOR. ASÍ LA SACARÉ DE AQUÍ SIN MÁS DILACIÓN.
ESTE HOMBRE ES UNA FIERA. NADA LE ATAJA NI ALTERA...
ME HA PARECIDO OÍR RUIDO. ¿SERÁ QUE AÚN NO SE HAN DORMIDO?
¡NO ESTÁN! ¿DÓNDE HABRÁN IDO? SE LAS VERÁN CONMIGO.
¡MADRE ABADESA! ¡MADRE ABADESA!
DON GONZALO DE ULLOA HA VENIDO.
¡EL PADRE DE DOÑA INÉS! ¿QUÉ QUERRÁ A ESTAS HORAS? ¡PUES QUE RIÑA A SU HIJA ÉL!
PERDONE LAS HORAS, MADRE ABADESA. PERO HAY ALGO QUE ME ATORMENTA.
UN HIJO DE SATANÁS HA JURADO ROBARME A MI HIJA. Y HAN VISTO A SU CRIADO HABLANDO CON BRÍGIDA.
PERO... ¿DÓNDE ESTÁ BRÍGIDA? ¿Y MI INÉS?
¿Y QUÉ ES ESE PAPEL? ¡YA PODÉIS REZAR A DIOS, QUE ME TEMO LO PEOR!
SEÑORA, VENGO MUERTA. NO ACIERTO A HABLAR... HE VISTO A UN HOMBRE SALTAR POR LAS TAPIAS DE LA HUERTA.

¡AY, QUÉ VIAJE! ME DUELEN EL CUERPO Y EL ALMA. ¿SIEMPRE ASÍ CABALGÁIS?...
HORAS DESPUÉS, EN LA FINCA DE DON JUAN, A LAS AFUERAS DE SEVILLA...
¿Y DE QUÉ OS QUEJÁIS? SANA Y SALVA HABÉIS LLEGADO. Y DOÑA INÉS NI SE HA DESPERTADO.
MEJOR. QUE SE DESPIERTE CON DON JUAN.
NO TARDARÁ EN LLEGAR. SON LAS DOCE YA.
PERO ¿POR QUÉ NO VINO CON NOSOTROS?
TENÍA ASUNTOS QUE ARREGLAR...
¡CHIST! CREO QUE SE DESPIERTA.
SERÁ MEJOR QUE COJA LA PUERTA.
¿DÓNDE ESTOY? ¿QUÉ HAGO AQUÍ?
ESTAMOS EN LA FINCA DE DON JUAN. EL CONVENTO SE INCENDIÓ. ¡MENOS MAL QUE ÉL NOS SALVÓ!
VAYA, NO RECUERDO NADA.
¡VAMOS A CASA DE MI PADRE! POR MI HONOR, ¡DEBEMOS HUIR!
LA VERDAD, NO ME EXTRAÑA.
ESPERA. DESPIDÁMONOS. DON JUAN YA ESTÁ AQUÍ.

¿OS VAIS?
SEÑOR, SABIENDO YA EL ACCIDENTE DEL FUEGO, ESTARÁ IMPACIENTE POR SU HIJA EL COMENDADOR.
¡AH, EL FUEGO! ID SIN CUIDADO. YA LE MANDÉ UN RECADO. SABE QUE ESTÁIS A SALVO, EN MI FINCA, AQUÍ EN EL CAMPO.
¡CÁLMATE, PUES, VIDA MÍA! REPOSA AQUÍ; Y UN MOMENTO OLVIDA DE TU CONVENTO LA TRISTE CÁRCEL SOMBRÍA.
¡AH! ¿NO ES CIERTO, ÁNGEL DE AMOR, QUE EN ESTA APARTADA ORILLA, MÁS PURA LA LUNA BRILLA Y SE RESPIRA MEJOR?
¿NO ES VERDAD, PALOMA MÍA, QUE EL AGUA, EL VIENTO Y TUS LÁGRIMAS ESTÁN RESPIRANDO AMOR? ¡OH! SÍ, BELLÍSIMA INÉS, ESPEJO Y LUZ DE MIS OJOS; ESCUCHARME SIN ENOJOS, COMO LO HACES, AMOR ES.
¡AH! CALLAD, POR COMPASIÓN, QUE, OYÉNDOOS, ME PARECE QUE MI CEREBRO ENLOQUECE, Y ARDE MI CORAZÓN.
¡DON JUAN!, ¡DON JUAN!, YO LO IMPLORO DE TU HIDALGA COMPASIÓN: O ARRÁNCAME EL CORAZÓN, O ÁMAME, PORQUE TE ADORO.
¡SILENCIO! ¿HABÉIS ESCUCHADO? UNA BARCA HA ATRACADO. DEBO IR. PERDONAD, DOÑA INÉS.
¿TARDARÁS?
NO, NO TARDARÉ.
¿QUIÉN SERÁ?
AHÍ ESTÁ UN EMBOZADO EN VEROS MUY EMPEÑADO.

¿A QUÉ VENÍS?
A MATAROS.
SEGÚN ESO, SOIS DON LUIS.
APOSTAMOS LA VIDA Y VENGO A COBRARLA.
PERO YO GANÉ, DON LUIS.
HACIÉNDOTE PASAR POR MÍ. ASÍ CONSEGUISTEIS A DOÑA ANA. Y ASÍ NO SE GANA.
ERA SOLO UNA TRAMPILLA.
TE MATARÉ Y ME IRÉ A SEVILLA.
¡SEÑOR, VIENE EL COMENDADOR!
¿ENGAÑASTEIS A DOÑA INÉS?
¿Y VOS QUÉ CREÉIS?
DEJADME A SOLAS, DON LUIS. UN ASUNTO HE DE ARREGLAR ANTES DE MATARTE O MORIR.
¿DÓNDE ESTÁ ESE TRAIDOR?
A SUS PIES, COMENDADOR.
TÚ ROBASTE A MI HIJA DEL CONVENTO, Y ESTA ESPADA TE CLAVARÉ MUY ADENTRO.
YO AMO EN VERDAD A DOÑA INÉS, CONVENCIDO DE QUE EL CIELO NOS LA QUISO CONCEDER PARA ENDEREZAR MIS PASOS POR EL SENDERO DEL BIEN.
SU AMOR ME HACE OTRO HOMBRE, REGENERANDO MI SER, Y ELLA PUEDE HACER UN ÁNGEL DE QUIEN UN DEMONIO FUE. YO SU ESPOSO QUIERO SER.

¿SU ESPOSO? ¡ANTES MUERTA!
MIRAD QUE YO LLAMÉ A DIOS A LA PUERTA. PERO SI DE INÉS ME NEGÁIS EL AMOR NO HAY PARA MÍ SALVACIÓN.
YA HE OÍDO BASTANTE. A TUS VERDUGOS TIENES DELANTE. YO VENGARÉ A DOÑA ANA, Y DON GONZALO, A SU HIJA INÉS.
VENZA EL INFIERNO, PUES. DON GONZALO, YA QUE MI ALMA ASÍ VUELVES A HUNDIR EN EL VICIO, CUANDO DIOS ME LLAME A JUICIO, TÚ RESPONDERÁS POR MÍ.
Y A TI, INSENSATO, CARA A CARA TE MATO.
CRASSS
ALLÁ VOY.
¡POR AQUÍ! SALVAOS.
LLAMÉ AL CIELO Y NO ME OYÓ, Y PUES SUS PUERTAS ME CIERRA, DE MIS PASOS EN LA TIERRA RESPONDA EL CIELO, Y NO YO.
TODOS PIDEN JUSTICIA PARA DOÑA INÉS. DOÑA INÉS TAMBIÉN, PERO NO CONTRA DON JUAN.

CINCO AÑOS DESPUÉS, EN UN CEMENTERIO DE SEVILLA...
ESTO ERA MI PALACIO. Y AHORA ES UN PANTEÓN. ¿QUÉ HABRÁ SUCEDIDO? ¡QUIERO UNA EXPLICACIÓN!
CONTEMPLEN LOS SEVILLANOS EL PANTEÓN QUE SALIÓ DE MIS MANOS. Y REPOSE CON SOSIEGO EL ALMA DE DON DIEGO. YA ESTÁ CUMPLIDO SU ENCARGO.
CABALLERO, QUISIERA SABER. ESTE LUGAR... ¿QUÉ ES? LLEVO AÑOS FUERA DE ESPAÑA, Y ESTA CONSTRUCCIÓN ME RESULTA EXTRAÑA.
COMO QUE ANTES ERA UN PALACIO. MAS AHORA ES EL ESPACIO DONDE YACEN MUCHOS MUERTOS.
FUE VOLUNTAD DE SU ANTIGUO DUEÑO. TENORIO DE APELLIDO, DON DIEGO. TUVO DON DIEGO UN HIJO TAN PERVERSO QUE MATÓ A MUCHOS HOMBRES, MÁS DE CIENTO.
Y QUISO SU PADRE DARLES SEPULTURA. POR ESO SU PALACIO ES AHORA SU TUMBA. Y YO SOY QUIEN HA HECHO LAS ESCULTURAS.
AQUÍ QUISE PONER TAMBIÉN A DON JUAN. PERO NO CONSEGUÍ UN RETRATO QUE PODER COPIAR. DICEN QUE ERA PEOR QUE EL MISMO SATANÁS.
CORTOS SE QUEDARON AL HABLAR.
CON RAZÓN SU PADRE LO DESHEREDÓ.
ESO A DON JUAN LE DA IGUAL. Y, SI QUIERE, VOLVERÁ A CONSTRUIR EL PALACIO SOBRE ESTE PANTEÓN.
¡JESÚS! ¿NO TIENE CORAZÓN?
NO. UNA VEZ LO TUVO, Y NO LO QUISO DIOS.
¿QUIÉN SERÁ ESTE CABALLERO?
ME TENGO QUE IR YA. LO SIENTO.
VAYA SIN TEMOR. ME QUEDO ENTRE AMIGOS...

¡ESPERAD!
¿QUIÉN ES ESA MUJER TAN BELLA? ¿NO ES DOÑA INÉS?
SÍ, LO ES.
DICEN QUE MURIÓ DE SENTIMIENTO CUANDO VOLVIÓ ABANDONADA AL CONVENTO...
¡QUIÉN PUDIERA, DOÑA INÉS, VOLVER A DARTE LA VIDA!
SEÑOR, DEBO DEJAR SEVILLA. Y AÚN DEBO ENTREGAR LAS LLAVES.
DÁDMELAS A MÍ.
¿A VOS? ¡PERO SI NI SÉ QUIÉN SOIS!
¡DON JUAN TENORIO!
¡DON JUAN!
YO SOY. Y, SI NO ME DAS LAS LLAVES, COMPAÑÍA JURO QUE HACES A TUS ESTATUAS DESDE HOY.

¡OH, DOÑA INÉS DE MI VIDA!
LLEGUE MI VOZ A LAS ALTURAS Y MIRE DIOS A DON JUAN LLORANDO EN TU SEPULTURA.
¡CIELOS, LA ESTATUA SE HA EVAPORADO! ¿SERÁ QUE LA HE IMAGINADO?
NO, DON JUAN. AQUÍ ESTOY.
OFRECÍ A DIOS MI ALMA PURA A CAMBIO DE TU SALVACIÓN.
O TE SALVAS TÚ CONMIGO, O NOS CONDENAMOS LOS DOS. DE ESTA NOCHE NO PASA. EN TUS MANOS ESTOY.
¡NO PUEDE SER! HE PERDIDO LA RAZÓN. ESTO SON DESVARÍOS DE MI IMAGINACIÓN.

PERO... ¡SE HAN MOVIDO!
MAS NO TENGO MIEDO. ¡SI UNA VEZ OS MATÉ, OS PUEDO MATAR CIENTO!
¿DON JUAN?
¿QUÉ VEO A LA LUZ DE LAS ESTRELLAS? ¿AVELLANEDA? ¿CENTELLAS? ¿SOIS VOSOTROS O SOIS FANTASMAS?
¿NO TENDRÁ MIEDO A LOS MUERTOS UN CABALLERO TAN FIERO?
CONTADNOS QUÉ HACÉIS AQUÍ OTRA VEZ.
SABED, DE AQUÍ EN ADELANTE, QUE NO HAY COSA QUE ME ESPANTE.
EN LA SOBREMESA LO HARÉ.
VENID A CENAR CONMIGO.
Y TÚ TAMBIÉN, COMENDADOR.
A LOS MUERTOS INVITA. ¡QUÉ VALOR!
O QUÉ LOCURA, DIRÍA YO.

MÁS TARDE...
LA COMPRÉ NADA MÁS LLEGAR A SEVILLA.
¿AMUEBLADA?
¿Y ESTA CASA?
CON TODO: BOTELLAS, MESA Y SILLAS.
¡CIUTTI!
¿SEÑOR?
PON VINO AL COMENDADOR.
¿INSISTÍS EN ESO?
NO ESTÁIS BIEN DEL SESO.
QUE DIOS LO TENGA EN SU GLORIA.
BRINDEMOS EN SU MEMORIA.
¿GLORIA DIVINA? ¿ACASO LA HAY? PERO SI OS EMPEÑÁIS...
KNOCK
KNOCK
KNOCK

¿QUIÉN LLAMA?
MIRARÉ POR LA VENTANA.
NADIE ASOMA.
SERÁ UNA BROMA.
KNOCK
KNOCK
YO NO HE SIDO.
NI YO.
KNOCK
KNOCK
EMPIEZO A SENTIR PAVOR.
CERRARÉ LA PUERTA CON LLAVE.
Y SI QUIERE PASAR EL FANTASMA... QUE PASE.

VENGO INVITADO POR TI.
VENGO EN NOMBRE DE DIOS A ENSEÑARTE LA VERDAD; Y ES: EXISTE LA ETERNIDAD...
¿QUÉ HACES AQUÍ?
AUNQUE NO SÉ SI PARA VOS. MAÑANA MORIRÁS, DON JUAN. Y DIOS TE CONCEDE UNAS HORAS PARA ARREPENTIRTE DE TU VIDA PECADORA. NO FALTES A MI CITA.
NO PUEDE SER.
¿AH, NO? PUES MIRA CÓMO CRUZO LA PARED.
¡UN SOLO DÍA ME QUEDA!
¡AH, SI DOÑA INÉS VINIERA!
AQUÍ ESTOY.
¡CIELOS!
MEDITA LO QUE AL BUEN COMENDADOR HAS OÍDO, Y TEN VALOR PARA ACUDIR A SU CITA. BASTARÁ CON UN INSTANTE DE ARREPENTIMIENTO PARA NO ACABAR LOS DOS EN EL INFIERNO.
¡ESPERA, DOÑA INÉS!

¿SERÁ TODO ESTO VERDAD...
... O SERÁ UNA BROMA PESADA POR ESTOS DOS PREPARADA?
¡LEVANTAD!
¿EH?
¿QUÉ PASA?
A MÍ NO ME ENGAÑÁIS PONIENDO CARA DE LELOS. ¡ME ESTÁIS TOMANDO EL PELO!
¡SOIS VOS QUIEN NOS ENGAÑA! ALGO METISTEIS EN EL VINO QUE PROVOCÓ ESTE DESATINO Y NOS HIZO VER FANTASMAS.
NOS HABÉIS HECHO DORMIR. ¡NO LO VOY A PERMITIR!
¡MENTÍS!
LA ESPADA LO DIRÁ.
EN LA CALLE, CAPITÁN.

UN MISTERIOSO PODER ME TRAE A ESTE LUGAR.
¡EL COMENDADOR NO ESTÁ!
¿SERÁ SUEÑO O REALIDAD? ¿ME ESTARÁ ESPERANDO? ES LA HORA YA.
TÚ ME INVITASTE ANTES. TE INVITO YO LUEGO. CONMIGO CENARÁS... ¡CENIZA Y FUEGO!
¿FUEGO?
SÍ, EL DEL INFIERNO.
¿Y ESAS CAMPANAS?
¿Y ESE ENTIERRO QUE PASA?
ES EL TUYO. EL CAPITÁN TE MATÓ A LA PUERTA DE TU CASA.

TARDE VEO LO MALO QUE FUI. YO A LAS CABAÑAS BAJÉ, Y A LOS PALACIOS SUBÍ, Y LOS CLAUSTROS ESCALÉ: Y PUES TAL MI VIDA FUE, NO, NO HAY PERDÓN PARA MÍ.
DAME LA MANO.
TOMA, PUES.
Y AHORA CONMIGO... ¡AL INFIERNO VEN!

¡APARTA! AÚN QUEDA UN GRANO EN ESE RELOJ.
YA ES TARDE.
¡SANTO DIOS, CREO EN TI Y EN TU SALVACIÓN!
¡TEN PIEDAD DE MÍ!
YA ESTOY AQUÍ.

DIOS HA CONCEDIDO LA SALVACIÓN DE TU ALMA IMPURA AL PIE DE MI SEPULTURA.
¡EL AMOR SALVÓ A DON JUAN!

SECRETOS Y CURIOSIDADES DE

Don Juan Tenorio

José Zorrilla

ALGUNAS CLAVES

* *Don Juan Tenorio* es una **obra de teatro** escrita por José Zorrilla, que se estrena en 1844 en Madrid.

* Su autor no inventa la historia: **recoge el mito** de don Juan que ya otros habían relatado.

* Lleva el subtítulo de **«drama religioso-fantástico»**. ¡Porque es las tres cosas!

* Aunque está muy presente el tema del honor (propio de la literatura del Siglo de Oro, tradición de la que bebe esta obra), este drama es el más representativo del **Romanticismo español**: amores difíciles, finales trágicos, ambientes lúgubres...

* La historia **transcurre en dos noches** separadas nada menos que por cinco años.

NOCHE DE DIFUNTOS

Don Juan Tenorio, una de las obras teatrales más famosas de la literatura española, **fue escrita en tan solo ¡veinte días!**
Cuando se publicó, no cosechó demasiados éxitos, pero años después comenzó a representarse en la Noche de Difuntos, y el público se mostró encantado con el ambiente lúgubre y sombrío de algunas de sus escenas.
Todavía hoy, sigue siendo tradición en muchos lugares representar la obra en esta fecha de temores y espectros.

¿EXISTIÓ DON JUAN TENORIO?

Hay quien dice que el personaje de don Juan está **inspirado en un hombre real**, arrogante y deshonesto, seductor y transformado a la piedad religiosa en los últimos años de su vida.

Miguel de Mañara fue un joven noble italiano que vivió hacia mediados del siglo XVII. Parece que en su juventud cometió todo tipo de fechorías, pero, a la muerte de su mujer, se convirtió en un devoto cristiano que atendió de forma particular a pobres y enfermos.

Jacobo de Grattis, nacido en 1517 en Italia, tuvo una juventud marcada por los excesos. Se cuenta que, después de dejar una estela de mala fama y desprecio, decidió hacerse sacerdote y dedicarse a la caridad y la oración. Se le conoció después como el **Caballero de Gracia**, y cuenta con una calle y un oratorio en Madrid.

Sin embargo, encontramos personajes como don Juan ya en obras anteriores al momento en que vivieron Mañara y Grattis. **Hay donjuanes en romances y composiciones medievales**, por lo que no parece claro que sean estos los inspiradores originales. Quizá lo que José Zorrilla incorpora de estos personajes es la conversión del insolente protagonista, que no tiene (a diferencia de Mañara o Grattis) ocasión de dedicarse a la caridad, pero sí consigue, en su arrepentimiento de última hora, entrar a la eternidad de la mano de su amada (a pesar de toda una vida de egoísmo y crímenes).

EL MITO DE DON JUAN

Existiera o no un verdadero don Juan Tenorio, lo que es seguro es que ese personaje embaucador de mujeres, irreverente y estafador **aparece en muchas obras antes y después de la publicación de la obra de Zorrilla**.

EL BURLADOR DE SEVILLA Y EL CONVIDADO DE PIEDRA

Esta obra de **Tirso de Molina parece la inspiración más directa de José Zorrilla para su don Juan**. Su protagonista, a base de engaños, burlas y traiciones, deshonra a las mujeres que encuentra a su paso.

(Seguro que adivinas en quién se convirtió el burlador de Sevilla y en quién el convidado de piedra).

DON GIOVANNI

Don Giovanni es una **ópera de Mozart** del siglo XVIII centrada en el personaje de don Juan, igualmente mujeriego y traidor, pero que en esta versión habrá de pagar las consecuencias de sus actos. En su enfrentamiento con la estatua del comendador, será este quien lo arrastre al infierno como castigo por sus fechorías.

(¿Sabes que «don Giovanni» significa «don Juan» en castellano?).

DON JUAN DE MARANA

También **Alejandro Dumas**, autor de obras tan conocidas como *Los tres mosqueteros* o *El conde de Montecristo*, escribió su propia versión del mito de don Juan. En ella, un caballero arrogante y seductor toma decisiones influido por los ángeles buenos y malos que tratan de dominar sus acciones.

(El nombre de «Marana»... ¿te recuerda a alguien que ha salido en estas páginas?).

¿ADMIRACIÓN O DESPRECIO?

Resulta curioso que, a pesar de ser **don Juan** un **seductor** cruel, deshonesto y egoísta, su figura esté rodeada de un halo de admiración y romanticismo. Es bien cierto lo envidiable de su valor para el desafío de todo lo establecido: normas, moral o códigos religiosos. Pasa por la vida aprovechándose del prójimo y con la suerte de cara. Pero también va dejando un rastro de desolación, dolor y muerte sin que esto conmueva ni un ápice su frío corazón.

Don Juan **apuesta** contra toda certeza, confiado en su poder y en su maldad. Los boletos de su apuesta son mujeres a las que deshonrar y hombres a los que asesinar.

Así pues, para don Juan **la mujer** es precisamente eso: un **objeto de placer**, del que sacar provecho con todo tipo de engaños. ¿Cómo es posible que un personaje tan despreciable y egoísta haya pasado a la historia como un modelo fascinante de carismático seductor?

Sin embargo, **doña Inés** es la clara **encarnación de todas las virtudes**... ¿Hasta el exceso?

Una mujer que ha sido motivo de apuesta, seducida a su pesar, traicionada en su honor..., pero que condiciona su propia salvación eterna al arrepentimiento de su amado.

Es un modelo de mujer romántica, bella hasta la perfección, virtuosa y de apariencia frágil, pero redentora de su indigno cautivador.

«El amor salvó a don Juan». Pero...
¿merecía don Juan tanta entrega?

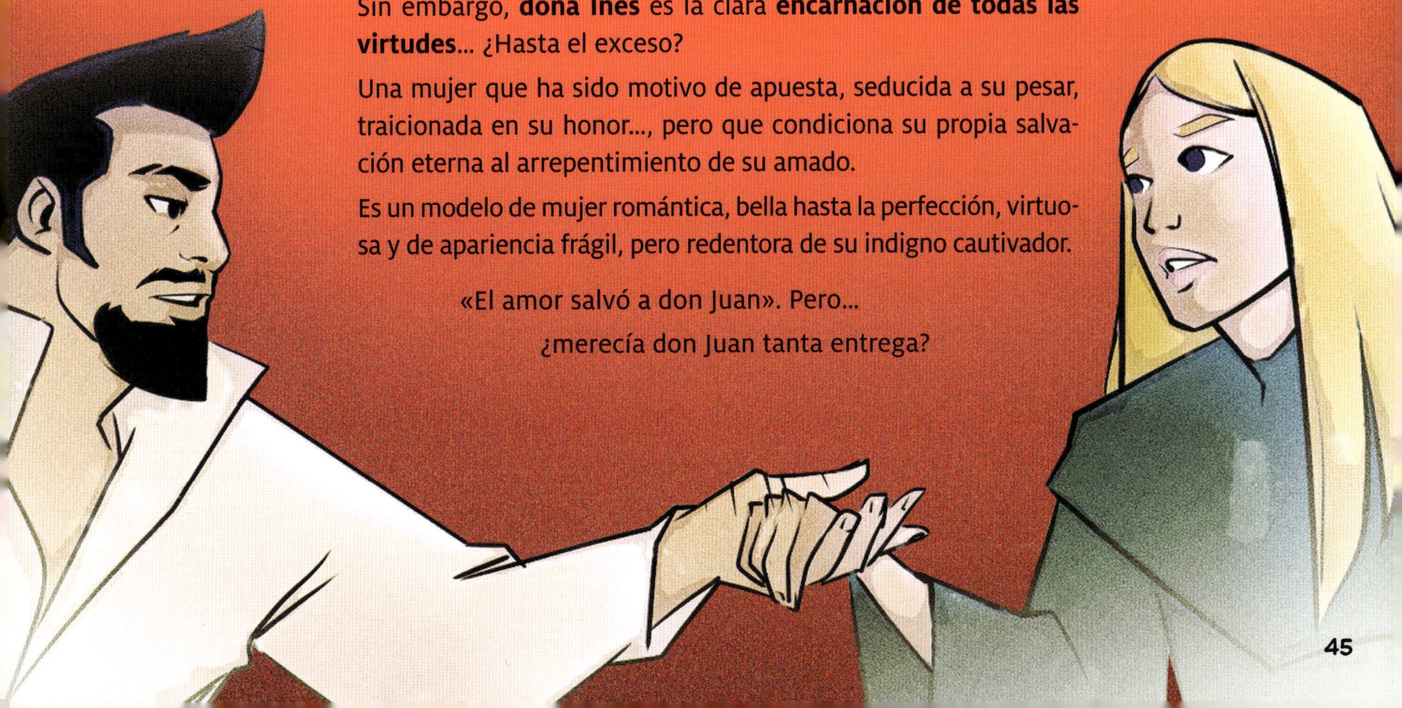